AF290104

Analyse de l'œuvre

Par Éléonore Quinaux
et Florence Balthasar

Des vies en mieux

d'Anna Gavalda

Rendez-vous sur lepetitlitteraire.fr et découvrez :

Plus de 1200 analyses
Claires et synthétiques
Téléchargeables en 30 secondes
À imprimer chez soi

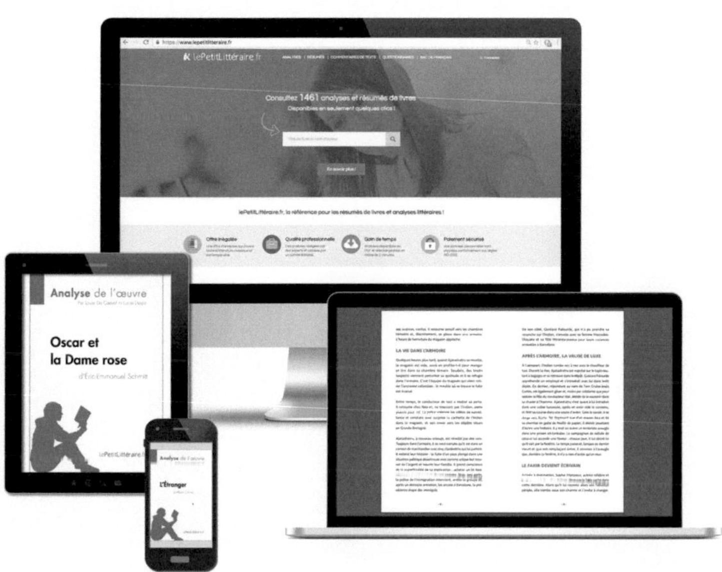

ANNA GAVALDA

UNE CONTEMPLATRICE DES SENTIMENTS HUMAINS

- **Née en 1970 à Boulogne-Billancourt (Île-de-France)**
- **Quelques-unes de ses œuvres :**
  - *Je voudrais que quelqu'un m'attende quelque part* (1999), recueil de nouvelles
  - *35 kilos d'espoir* (2002), roman
  - *Ensemble, c'est tout* (2004), roman

Écrivaine française, Anna Gavalda est née dans un milieu qui ne la prédestinait pas à l'écriture. Placée en pensionnat suite à la séparation de ses parents, elle est marquée par la thématique de la rupture. Détentrice d'une maitrise en lettres modernes, elle exerce diverses professions, de fleuriste à professeure de français. Après avoir été lauréate d'un concours de nouvelles organisé par la radio France Inter en 1992, elle remporte le grand prix RTL-Lire en 2000 pour son recueil de nouvelles *Je voudrais que quelqu'un m'attende quelque part*, publié l'année précédente par Le Dilettante. Auteure francophone contemporaine, elle dépeint des personnages qui se rencontrent de manière fortuite et décident de changer les lignes conductrices de leur destinée.

DES VIES EN MIEUX

UN TRIPTYQUE DE LA RENAISSANCE DE L'ÊTRE

- **Genre :** roman
- **Édition de référence :** *Des vies en mieux*, Paris, J'ai lu, 2015, 442 p.
- **1re édition :** 2015
- **Thématiques :** rencontre, solitude, amitié, recherche, renaissance, amour

Le roman *Des vies en mieux*, paru au format de poche aux éditions J'ai Lu, réunit les romans *Billie* (2013) et *La Vie en mieux* (2014), tous deux publiés chez Le Dilettante.

Le lecteur est ici invité à suivre les parcours de trois personnages issus de milieux sociaux différents, dont le dénominateur commun est l'oubli de soi, jusqu'à ce qu'une rencontre, une balade ou une perte leur fasse prendre conscience, chacun à leur échelle, qu'ils mènent une vie dénuée de sens et qu'ils peuvent décider d'en modifier le cours : Billie, dont l'enfance et l'adolescence ont été brisées, ne doit sa survie qu'à l'empathie de Franck ; Mathilde pense qu'aucun idéal ne peut transparaitre dans une vie où seuls le profit, les chiffres et l'indifférence dominent ; Yann, un Breton habitant à Paris, ne vit jusque-là qu'à travers sa petite amie Mélanie.

RÉSUMÉ

ENTRE OUBLI ET DÉTRESSE

Rejetée dès sa naissance par sa mère, Billie vit en milieu rural auprès de son père et de sa belle-mère, dans une caravane où les études et les bonnes manières sont proscrites. À l'école, tous la rejettent : son manque d'éducation va de pair avec son manque d'hygiène.

Électron libre dans un système qui ne veut pas d'elle, elle rencontre, le temps des répétitions de la pièce de théâtre d'Alfred de Musset (poète et dramaturge français, 1810-1857), *On ne badine pas avec l'amour* (1834), un autre paria, Franck, un homosexuel issu d'un milieu bourgeois. Ce dernier lui apprend tout ce qu'il peut du monde, des sentiments, de l'amitié, mais poursuit ses études à Paris, laissant Billie dans sa fange.

Passant d'homme en homme, Billie perd toute estime d'elle-même et oublie qu'au contact de Franck, elle aussi peut s'élever de son milieu digne d'un roman naturaliste. Pauvreté et maltraitance cisèlent son quotidien. Atterré par la vie que mène son amie, Franck lui écrit mensuellement, lui permettant de retrouver un semblant de sociabilité.

Parallèlement, Mathilde, en colocation à Paris, a renoncé à son diplôme en histoire de l'art. Qui peut encore s'intéresser à cela dans un monde où les valeurs esthétiques ont été remplacées par des garanties pécuniaires ? Élaborer de fausses appréciations sur des sites internet destinés à l'évaluation de services, voilà son nouvel emploi. Démolir autrui en un simple clic, quoi de plus facile ? Que ses remarques dépréciatives soient vraies ou fausses, peu importe : possédant des dizaines de pseudonymes et travaillant au noir pour le compte d'un beau-frère créateur de sites web, son mot d'ordre est celui du rendement, pas du sentiment.

D'ailleurs de vrais sentiments, depuis le décès de sa mère et les adultères de son père, Mathilde n'en éprouve plus. C'est avec des yeux incrédules et froids qu'elle mène son existence : pas de vraie amitié, pas d'amour ; que des futilités, tel est son crédo.

Dans la même capitale vit Yann. Lui aussi a atterri à Paris pour ses études. Détenteur d'un diplôme alliant désign et électronique, il se retrouve vendeur de produits coréens high-tech. Cette profession ne correspond en rien à ce qu'il rêvait de faire, lui qui admire tant les belles machines et l'ingénierie. Mais il faut gagner sa vie, et aucune autre offre d'emploi ne s'est présentée.

Si Yann est résigné, il ne semble pas subir cette vie monotone. Après tout, celle-ci correspond au cheminement que ses parents lui ont dicté : réussir ses études, accepter des stages – rémunérés ou non –, développer des compétences, trouver une gentille compagne et, comme des milliers d'autres personnes sur Terre, vivre un quotidien sans rêve, sans saveur et sans défi.

LE TEMPS DE LA MÉTAMORPHOSE

Franck, de retour dans ce milieu rural, se fait agresser par des voyous de la région. Parmi ceux-ci figure le compagnon de Billie, Manu, fier du tour mémorable que lui et sa bande ont infligé à cet efféminé. Apprenant la nouvelle, Billie repense à Franck et aux moments de joie – les seuls qu'elle ait jamais connus – partagés. Si celui-ci a adouci son adolescence, c'est à elle maintenant de lui porter secours. Après avoir menacé Manu avec une arme, Billie s'enfuit à Paris avec Franck.

Rattrapée par ses travers (larcin et séduction), elle finit par comprendre que sa conduite est due à l'absence de figure maternelle et d'autorité. Elle décide de prendre sa vie en main et entraine Franck, son sauveur, avec elle. Obligé de cacher son homosexualité à son père ultracatholique et de poursuivre des études de droit qui ne l'intéressent pas, le jeune homme réalise son rêve grâce à Billie et devient bijoutier. De son côté, Billie, après avoir accumulé des emplois précaires, finit par devenir fleuriste.

Dans un café proche de l'Arc de Triomphe, Mathilde reçoit de l'une de ses colocataires une enveloppe contenant 10 000 euros destinés à payer les travaux de leur appartement. Distraite, comme à son habitude, elle sort du café en y oubliant son sac à main. La liste des objets perdus est longue : souvenirs personnels, dernières photos de sa mère, lettre sensuelle de son premier amour et enveloppe remplie d'argent.

Heureusement, un mystérieux homme, aux propos plus que laconiques, lui donne rendez-vous dans ce même café pour lui remettre le sac dont le contenu est resté intact. Même si son physique, à première vue ingrat, la rebute, elle garde en mémoire leur bref échange. Jean-Baptiste est cuisinier, il se promène avec une mallette de couteaux et lui assène qu'on ne peut perdre ce qui nous est précieux. Faisant fi de son à priori, les paroles de l'homme résonnent en elle comme un sésame, celui d'une libération, d'une recherche de l'autre, de cet autre – Jean-Baptiste – qui lui montre la voie d'une vie moins futile.

Yann rentre dans son immeuble. Un homme, la quarantaine passée, se chamaille avec son épouse, visiblement beaucoup plus jeune, au sujet d'un meuble. Yann propose son aide et passe une soirée mémorable en compagnie d'Isaac et d'Alice Moïse. Il ignore, en franchissant leur porte, qu'il va vivre une grande soirée : celle de la révélation. À travers leur regard, il apprend ce qu'est un couple et, de surcroit, un couple heureux. Pour la première fois, il se sent vivant : à l'image d'Isaac, qui a pris sa vie en main et l'a bien réussie, lui aussi décide qu'il est temps de réagir.

Il comprend que si la politesse est une marque

d'éducation, il ne faut pas pour autant aborder la vie de manière trop insipide de peur de mal faire ou de choquer, car il risque, comme jusqu'à présent, de passer à côté d'une vie plus passionnante, de la vie qu'il désire. Il ne veut pas continuellement subir les évènements et n'endosser qu'un rôle de figurant dans une existence qui ne lui a, jusqu'à présent, jamais appartenu : cet appartement n'est pas le sien ; Mélanie n'est pas la compagne idéale ; son emploi de vendeur, tellement éloigné de ses anciennes aspirations et de ses rêves d'étudiant en désign, n'est qu'alimentaire. N'est-ce pas plus aisé de changer de vie lorsque cette dernière ne vous procure aucun épanouissement ?

RENAISSANCE

Dans un parc des Cévennes (chaine montagneuse entre la Lozère et le Gard), Billie et Franck entreprennent une randonnée guidée. Écœurée par la manière dont un père se comporte envers sa famille, Billie explose en plein parcours et quitte le groupe. Persuadée qu'elle va à nouveau se retrouver seule face au reste du monde, elle ne peut contenir sa joie quand elle se rend compte, qu'une fois de plus, Franck la suit. Billie se jette dans ses bras, mais le choc est trop fort : Franck perd l'équilibre, et ils se retrouvent prisonniers d'une crevasse.

Alors qu'elle croit Franck dans le coma, Billie revient à haute voix sur leur existence et leur duo improbable jusqu'à ce qu'elle s'aperçoive que celui-ci, souffrant de plusieurs fractures, est seulement évanoui. Ayant écouté son récit et compris tout l'amour qui les unit, Franck demande Billie en mariage, tant pis si ce dernier s'avère atypique.

Après avoir méthodiquement fouillé tous les restaurants du quartier de leur rencontre à la recherche de Jean-Baptiste, Mathilde finit par retrouver sa trace. N'ayant plus gout à rien, ce dernier a quitté son emploi dans un palace parisien pour retourner chez un oncle restaurateur à Périgueux (Nouvelle-Aquitaine). Décidant de le suivre, c'est dans les cuisines de ce même restaurant que Mathilde redécouvre la vie par le biais des bienfaits de l'amour.

Yann emprunte aux filles d'Isaac un magnétophone. Se rendant compte qu'il a perdu toute sa personnalité au contact de Mélanie, et qu'il en est venu à rejeter tout ce qui le rendait unique et authentique – à commencer par sa propre famille –, il décide d'enregistrer une cassette de rupture. Enfin, il saisit ses derniers biens, part dans le Sud de la France et propose ses services aux viticulteurs dont il a pu déguster quelques bouteilles chez Isaac. À son arrivée, il constate l'âge avancé du propriétaire qu'il compte seconder ainsi que la maladie qui ronge son épouse. S'il ne reprend pas un jour leurs affaires, il aura au moins pu les aider.

ÉTUDE DES PERSONNAGES

BILLIE

Ce personnage féminin a plus de 22 ans au début de l'ouvrage, mais entame son propre récit à l'âge de 13 ans. La description de ses caractéristiques physiques y est pauvre : on ne connait ni la couleur de ses yeux ni la véritable couleur de ses cheveux. Nous savons qu'elle les teint constamment et, qu'au moment de l'accident dans le parc des Cévennes, ils sont lilas.

Billie n'a pas connu sa mère, qui l'a abandonnée à l'âge de 1 an. Elle est donc élevée par son père et sa belle-mère, qui la déconsidèrent totalement. Ils vivent dans une caravane, sur un terrain vague des Morilles – « une casse… un genre de zone artisanale… un genre de déchèterie où rien n'est trié » (p. 36) –, dont elle obtiendra une petite somme d'argent au décès de son père.

Ses résultats scolaires importent peu aux yeux de

sa famille. Le fait qu'elle ait un copain, par contre, est considéré comme un élément valorisant.

La seule chose qu'elle ait héritée de sa mère est son prénom : Billie, en référence au tube *Billie Jean* de Michael Jackson (auteur-compositeur, chanteur et danseur américain, 1958-2009) que cette dernière admirait. Sa vie est à l'image de son prénom, plutôt rock and roll. Elle connait les drogues et a rapidement ses premières relations sexuelles. Elle n'est pas bête et comprend, grâce au vocabulaire de ses enseignants, qu'elle est issue du quart-monde. Elle n'a aucune hygiène, car sa famille a rarement de l'eau pour se laver. Elle ne s'habille pas de manière féminine et est souvent en survêtements. Elle a subi viols, maltraitance et coups, mais la protection de l'enfance n'est jamais intervenue.

Elle n'a qu'un ami, Franck Muller, qu'elle rencontre en troisième année grâce au cours de français. Ils doivent jouer ensemble les rôles de Camille et Perdican dans une interprétation de la pièce de théâtre de Musset, *On ne badine pas avec l'amour.*

Billie, dont les manières sont vulgaires, se civilise

grâce à Franck et parvient à comprendre qu'elle doit s'extraire du milieu précaire dont elle est issue. Caissière dès ses 18 ans, elle ne fait pas d'études et enchaine les petits boulots ainsi que les hommes. C'est un personnage qui évolue sans aucun repère. Pourtant, grâce à sa fuite à Paris, à l'argent mis de côté et à la prise de conscience de son mauvais comportement, elle parvient à être indépendante et à exercer la profession de fleuriste.

Elle incarne le personnage né dans un milieu populaire, pauvre et rude, mais qui, épris de liberté, cherche, à travers la rencontre de son contraire – Franck –, à s'élever constamment et à accomplir ses rêves. C'est une sorte de Cosette contemporaine (personnage emblématique des *Misérables* [1862] de Victor Hugo [écrivain français, 1802-1885]). À travers ce personnage, on pourrait d'ailleurs déceler un trait romantique dans l'écriture réaliste de ce roman : pour Gavalda, comme Cosette pour Hugo, Billie peut éprouver de vrais sentiments et une soif d'idéal qui la poussent à transcender son milieu. Petit à petit, elle apprend que ce qui l'unit à Franck est plus que de l'amitié : il s'agit en réalité d'une véritable histoire d'amour, même si son ami est homosexuel.

FRANCK

Franck Muller est issu de la bourgeoisie. Il doit son prénom à l'amour inconditionnel que portent sa mère et sa grand-mère à Frank Alamo (chanteur français, 1941-2012). Maigrichon et rêveur, il est rejeté par les autres élèves de son école à cause de ses attitudes étranges. S'il aime les garçons, il ne veut pas que son homosexualité soit révélée à sa famille, car son père, catholique ultraconservateur, ne l'accepterait jamais.

Cultivé et amateur de littérature, il a de nombreuses préoccupations esthétiques et est à la recherche du beau : de la beauté des objets à la beauté des sentiments, comme décrits dans l'œuvre de Musset.

Lors d'un voyage scolaire à Paris, Billie apprend de la bouche de Franck que la mère de ce dernier a été violée durant son adolescence. Quant à son père, il voit des complots juifs partout. Seule sa grand-mère, Claudine, lui apporte une certaine forme de réconfort. Après le lycée, il vit en colocation à Paris avec son cousin pour suivre des études de droit – choix dicté par son père –, qui ne l'intéressent pas du tout.

Dans la première partie du récit, Franck est le personnage civilisateur de Billie ; ensuite, les rôles s'inversent, et c'est elle qui lui permet d'évoluer, de quitter le droit pour devenir bijoutier, de se réaliser en tant qu'être, peu importe sa sexualité.

MATHILDE

Mathilde Salmon a 24 ans. Elle a entamé des études en histoire de l'art qu'elle ne parvient pas à terminer. Au lieu de défendre son mémoire de fin d'études, Mathilde choisit de travailler pour son beau-frère, qui possède une société de web désign. Elle a pour mission d'écrire des commentaires négatifs, en utilisant plusieurs pseudonymes, sur les pages internet des commerçants qui ont refusé leurs services. Ces derniers, acculés par ces propos désobligeants et craignant une perte de clientèle, se voient finalement obligés de faire appel à l'ambitieux – et déloyal – entrepreneur pour améliorer leur visibilité sur la Toile. Pour chaque nouveau client, Mathilde touche une commission.

Avec des jumelles, Pauline et Julie, elle partage une colocation, rue Damrémont, près du cimetière de Montmartre. Pauline travaille dans une banque et Julie dans le secteur des assurances, ce qui ne les empêche pas de retourner dans leur famille tous les weekends, à Roubaix (Hauts-de-France). Mathilde les considère comme des « nunuches » (p. 213) et pense qu'elle a été choisie comme colocataire uniquement pour la stabilité dont semblait bénéficier son emploi de l'époque, à savoir gardienne au musée Marmottan.

Quant aux membres de sa famille, ils sont, pour ainsi dire, absents de sa vie : elle ne voit plus son père, et sa mère est décédée des suites d'un cancer, quand elle était adolescente, pendant que son père profitait des chimiothérapies pour la tromper. Mathilde n'a pas de véritables amis, pas de petit ami. Elle collectionne les rencontres sans lendemain, ce qui, à la longue, la dégoute de plus en plus. Autrefois futile, dépensière et vivant au-dessus de ses moyens, elle aspire à changer de mode de vie lorsqu'elle rencontre l'énigmatique Jean-Baptiste.

Se forgeant de lui une opinion au premier coup d'œil, elle le décrit physiquement comme « laid, gros [avec] un épi [...] habillé comme un péque-not » (p. 245). Si cette description ne l'avantage pas du tout, Mathilde est pourtant intriguée par ce personnage qui manque cruellement de conversation. Le fait qu'il veuille la revoir la choque et finalement la hante. Il est tout l'op-posé des personnes qu'elle a côtoyées jusqu'à présent, par exemple cet écrivain qu'elle a ren-contré à 19 ans et qui a fait des malheurs de sa vie un roman à succès.

Tandis qu'elle recherche Jean-Baptiste à l'aveugle – elle connait sa profession (cuisinier), a griffonné son nom et son numéro de téléphone une nuit, mais ne parvient pas à en relire les chiffres –, Mathilde mène en fait une quête de l'amour perdu. L'argent, les futilités, les critiques internet sont de plus en plus relégués au second plan, alors qu'elle retrouve celui qu'elle aime et qui lui redonne gout à l'existence dans un restaurant de Périgueux appartenant à l'oncle de ce dernier.

YANN

Yann Carcarec a 26 ans, bientôl 27. Il a des che-veux bruns et des yeux bleus. Malgré un diplôme en design, il doit se contenter d'un emploi comme démonstrateur d'objets coréens high-tech, dans un magasin parisien. Sa petite amie, Mélanie, est issue d'un milieu plus aisé que le sien. Son travail de visiteuse médicale la contraint à s'absenter souvent pour suivre des séminaires. Ayant abandonné sa colocation et tous les objets qui le liaient à l'adolescence, Yann s'installe avec elle dans l'appartement de sa tante.

D'une enfance sans encombre, il retient surtout une hypersensibilisation aux problèmes environnementaux, comme de nombreux enfants nés à la fin du XXe siècle. Ses parents n'ont en effet cessé de le conscientiser au respect de la nature. D'origine bretonne, il aime le cinéma – il reste d'ailleurs jusqu'au bout des génériques de fin – et les desserts, tels que les poudings ou autres cheese-cakes.

Yann est une personne très discrète, gentille, polie, qui a peur de froisser ou de déranger. Il admire et envie le couple formé par Isaac et Alice Moïse, dont il a fait la connaissance un jour dans son immeuble. Il aimerait éprouver une telle complicité avec Mélanie.

La rencontre de ce couple agit sur lui comme un

révélateur de la médiocrité de son existence. Il décide ainsi, le soir même, de laisser une cassette de rupture à Mélanie. En effet, au retour de son souper avec la famille Moïse, l'appartement dans lequel ils vivent lui semble laid. Yann se rend compte de son manque d'implication dans ses propres choix de vie et de la vacuité de ces derniers. Il ne supporte plus le fait que Mélanie rejette ses parents à lui, jugés d'un milieu plus bas que le sien. Il n'est plus amoureux et la perçoit comme désobligeante et, d'une certaine façon, stupide.

Yann décide donc de tout plaquer pour aller rejoindre et aider, dans le Sud de la France, les viticulteurs dont il a dégusté les produits chez Isaac (l'épouse du viticulteur étant atteinte de sclérose en plaques).

CLÉS DE LECTURE

UN ROMAN SOCIÉTAL

Anna Gavalda décrit le monde contemporain tel qu'il nous entoure : dans ses romans, il n'existe ni personnages extraordinaires ni éléments fantastiques ou merveilleux. Tout est dépeint de manière réaliste, alors que ses récits abordent des questions d'actualité, exploitent des problématiques sociétales comme, ici, l'éducation, la solitude et l'argent.

L'éducation

Si elle ne se fait pas à la maison, l'éducation est l'une des responsabilités de plus en plus assumées par l'école. Mais qu'en est-il lorsque celle-ci institutionnalise elle-même le rejet de certains écoliers ? En définitive, chacun a-t-il sa place dans ce milieu scolaire ?

Dans *Des vies en mieux*, la pédagogie d'un projet tel que celui mis en place par le professeur de français de Billie et Franck autour d'Alfred de Musset, apparait comme une solution à l'intégration de tous. Elle n'est pas fondée sur des connaissances, mais plutôt sur une série de compétences pour lesquelles il n'est nul besoin d'avoir été élevé dans un foyer privilégié. Il est intéressant de signaler que c'est le seul cadre éducatif qui, finalement, même si ce n'est que pour quelques mois, parvient à hisser une jeune fille perdue hors de son milieu. Malheureusement pour Billie, l'adaptation de Musset n'est qu'une parenthèse dans sa vie. Son évolution, elle ne la doit nullement à l'école ou aux instances liées à la jeunesse qui ignorent son cas de maltraitance.

De même, Mathilde et Yann ont une attitude désabusée vis-à-vis du système scolaire. Mathilde abandonne ses études après s'être orientée vers un travail financièrement plus intéressant, son leitmotiv étant que l'argent dirige le monde, pas la culture. En effet, elle « gagne beaucoup trop bien [sa] vie pour retourner à la cantine » (p. 210). De son côté, Yann répète que son diplôme ne lui sert à rien, car aucune offre d'emploi n'y correspond.

Si l'école a failli à sa mission, la famille, l'entourage, l'environnement de ces personnages sont tout aussi responsables de la vision désabusée du monde dans laquelle sont cloisonnsés les héros de *Des vies en mieux*. Les personnages doivent leur salut à des rencontres fortuites qui leur ouvrent les yeux sur la valeur de la vie et les poussent à puiser en eux-mêmes les ressources nécessaires. En définitive, c'est un message d'espoir qui se dégage des trois histoires de *Des vies en mieux* : même si elle semble difficile, la vie nous réserve toujours des surprises... qu'il faut être prêt à saisir à tout moment.

La solitude

Chaque personnage vit dans un milieu fermé. Tantôt, les protagonistes craignent la solitude et s'obligent à reproduire de vieux modèles qui ne leur plaisent pas, mais leur permettent d'évoluer en duo dans la vie (Yann et Mélanie par exemple), tantôt ils sont seuls dès le début du récit et cherchent un être complémentaire, difficile à trouver (c'est le cas de Billie et de Mathilde).

Beaucoup d'auteurs contemporains, à l'instar de Grégoire Polet (écrivain belge, né en 1978) dans *Leurs vies éclatantes* (2007), présentent la ville comme un facteur d'accroissement de la solitude. Le récit de Mathilde confirme cette vision des choses : Paris n'est pas accueillante, et sa recherche de Jean-Baptiste s'avère complexe, car personne ne l'aide.

Cela étant, le milieu rural ne semble pas plus propice à la rencontre : Billie éprouve des sentiments d'incompréhension et de solitude dès son enfance, sentiments que partage Franck. La campagne n'arrange rien, car, au contraire, « quand t'es pas comme tout le monde, c'est encore pire que l'indifférence » (p. 34). Ainsi, l'homosexualité y semble moins bien acceptée qu'en ville. Si les grands boulevards et le rythme intense du travail ne facilitent en rien la communication dans les métropoles, le caractère renfermé et isolé de la campagne ne permet pas davantage d'ouverture vers autrui.

En d'autres termes, quel que soit le lieu où les personnages évoluent, leur refus de vivre leur propre vie les aliène. Cette tendance renforce le sentiment de solitude et accentue le besoin de trouver un être complémentaire, capable de les extirper du carcan d'une vie décevante. En attendant de trouver cet être complémentaire, le repli sur soi se manifeste et incite les personnages à faire preuve d'égoïsme, voire d'un individualisme démesuré : « Au bout du compte, [on] ne voi[t] bien que ce qu'on veut bien [nous] montrer » (*ibid.*) et on ferme facilement les yeux sur ce qui dérange.

L'argent

Si l'argent n'est pas une solution, il aide néanmoins les personnages du roman dans leur quête identitaire, du moins pour un temps. Ainsi, Billie et Franck parviennent à se hisser hors de leur milieu grâce à la somme dont a hérité Billie de son père. De même, sans argent, que ferait Mathilde pour payer les frais de rénovation de l'appartement ? Pourtant, c'est la perte d'une enveloppe remplie d'euros qui lui permet de rencontrer sa moitié.

Chez Yann, c'est le caractère matérialiste de la vie qui l'empêche de prendre son existence en main directement. Une série de circonstances – la cohabitation et l'emménagement dans l'appartement de la tante pour diminuer les loyers à payer – le cloisonne d'une certaine façon : l'aspect matériel s'est petit à petit substitué au sentiment amoureux.

Dans *Des vies en mieux*, Anna Gavalda nous présente donc les deux revers de la médaille matérialiste et capitaliste : l'argent aide, fournit des plaisirs, permet de satisfaire ses envies et ses besoins, mais ne nous rend pas plus heureux pour autant.

UNE QUÊTE DE SOI

Un récit initiatique ?

Le roman est composé des trois récits de vie qui peuvent être lus de manière totalement indépendante. En effet, ce roman associe *Billie*, publié en 2013, et *La Vie en mieux*, édité l'année suivante. Cette structure particulière confère à l'œuvre des allures de roman choral – appellation générique faisant référence au chœur comme ensemble de chanteurs qui unissent leur voix dans un même chant : les trois acteurs principaux sont à un moment charnière de leur vie, celui du changement, de la reprise en main, de sorte que *Des vies en mieux* s'apparente en définitive à un récit initiatique.

Le roman initiatique, également dit de formation, « vise à donner des leçons à des adolescents et des conseils à leurs éducateurs » (PERNOT D., « Roman de formation », in ARON P., SAINT-JACQUES D. et VIALA A. (dir.), *Le dictionnaire du Littéraire*, Paris, Presses universitaires de France, 2002, p. 527) en racontant « l'apprentissage d'un jeune héros que guident différents mentors » (*ibid.*).

MENTOR

À l'heure actuelle, le mot « mentor » est utilisé pour caractériser un être jugé sage et fidèle, qui endosse le rôle de conseiller, de guide attentif. Mais l'origine de ce mot remonte à la Grèce antique, puisqu'il fait allusion au Mentor de l'*Odyssée* d'Homère (poète épique grec, VIIIe siècle av. J.-C.), personnage désigné par Ulysse, héros de l'histoire, comme responsable de l'administration de sa maison et de l'éducation de son fils, Télémaque. Ami du héros, Mentor remplit sa tâche avec sérieux et sagesse.

Plus tard, Fénelon (prélat et écrivain français, 1651-1715) rendra définitivement ce personnage célèbre en lui offrant le rôle de guide dans les péripéties vécues par le jeune Télémaque, dans *Les Aventures de*

Billie, Mathilde et Yann sont dans une dynamique de changement qui n'a lieu que grâce à la rencontre de mentors qui leur apprennent à se connaitre et à s'écouter : « Les gens qu'on aime, on ne les rencontre pas, [...] on les reconnait. » (p. 388) Ces rencontres permettent aux trois personnages d'opérer leur changement de vie sans se poser de questions. Même s'il ne s'agit pas à proprement parler d'adolescents, tous trois sont de jeunes gens qui entrent dans le monde du travail : leur adolescence n'est pas si loin derrière eux, et ils ne semblent pas encore matures.

Sur le chemin de l'épanouissement

Le déterminisme social pèse d'abord de tout son poids sur leur vie. Alors que Yann et Mathilde empruntent les voies toutes tracées des écoles supérieures, Billie, issue d'un milieu inférieur, n'obtient aucun diplôme.

De leurs confessions à leurs renaissances, le lecteur prend conscience que Yann et Mathilde subissent leur vie. Ils n'éprouvent plus de sentiment, n'ont plus gout à rien et sombrent dans une forme d'apathie.

En outre, la moralité n'a plus sa place : on reste avec autrui pour des raisons matérielles, tout comme on abandonne ses études pour un travail qui n'est rien moins qu'alimentaire. Chez Billie, l'aspect moral n'a jamais été présent, puisque la famille dans laquelle elle évolue en est dénuée. Aussi, tous trois ne maitrisent en rien leur existence jusqu'à l'apparition de tierces personnes qui prennent part aux différents récits et jouent le rôle de catalyseur existentiel, de mentor. Ces sortes de guides font sonner le réveil de leur libre arbitre, les poussant à agir :

- Franck permet à Billie de ressentir qu'elle est un être humain et que, même en vivant en marge de la société, personne ne peut lui retirer son humanité. Il lui fait prendre conscience que nul n'est prisonnier de son milieu, et que chacun peut prendre les commandes de son existence quand il le décide réellement, en faisant « reset de force » (p. 33) de son enfance ;
- de la même manière, Isaac initie Yann à la vraie existence, et non à celle d'un pantin qui repro-

duit les mêmes gestes et accepte les mêmes réalités jour après jour, sans sourciller. Ainsi, Yann découvre qu'il ne parvient plus « à jouer la comédie du gentil petit couple » (p. 428) ;
- Jean-Baptiste en tant qu'homme à conquérir, perdu dans Paris, devient l'objet de la quête de Mathilde et son aboutissement. Serait-elle sortie de sa léthargie et aurait-elle abandonné sa vision froide et calculatrice du monde sans cette rencontre ? Cette quête, même si elle devait ne pas aboutir, « lui avait déjà offert ce cadeau magnifique de se savoir debout, décidée, matinale et vivante, [et l'impression que] le monde lui [appartenait] » (p. 311).

Anna Gavalda nous présente donc trois destinées qui paraissent toutes tracées et qui, pourtant, à force d'échecs et de remises en question, évoluent. Personne n'est immobile, personne n'est voué à connaitre une vie sans saveur, une vie de « zombies » (p. 412) : en plus de pouvoir naviguer en eaux troubles, il faut parvenir à tout mettre en œuvre pour aller de l'avant.

Par le biais de ces récits, l'auteure aspire à nous faire comprendre que l'évolution et le changement font partie intégrante de la vraie vie, celle qui est en accord avec notre identité et qui nous épanouit pleinement.

LE STYLE NARRATIF

Le roman d'Anna Gavalda utilise divers ressorts pour rapprocher le lecteur de ces histoires de vie, pour l'introduire dans l'intimité de ses personnages.

La focalisation interne

Chacun des récits est relaté par un narrateur en focalisation interne, autrement dit narrateur et personnage ne font qu'un ; le récit est subjectif. Les différents « je » ne cessent de livrer leurs émotions, sentiments, regrets ou doutes et, dès lors, le lecteur suit le flux des pensées des personnages.

Ainsi, lorsque Billie cherche ses mots, le lecteur le sait : « Oui, d'aussi bas que je me tortillais (que je me tortillasse ?) (bon, que je faisais la crêpe, quoi...), je dominais quelque chose. » (p. 22) Quand Mathilde hésite, que « ses rouages s'afffol[ent] » (p. 253), le lecteur n'en perd pas une miette : « Ho, lui file pas ton numéro. Tu vois bien qu'il est complètement taré, ce mec. Mais si voyons. Regarde. [...] Non, mais quand même... il a été classe... Qu'est-ce que t'en sais, idiote ? Tu ne l'as même pas ouvert, ton foutu sac ! » (*ibid.*) Les personnages se livrent donc à cœur ouvert, ce qui facilite l'identification, permet d'instaurer une forme de relation de confiance instantanée entre les personnages et le lecteur.

Un récit *in medias res*

Que ce soit avec Billie, Mathilde ou Yann, le lecteur est plongé de but en blanc dans les récits, *in medias res*. Les trois récits commencent par ces mots : « On s'est regardé méchamment. Lui parce qu'il devait penser que tout était de ma faute [...] » (p. 13) ; « C'est un café près de l'Arc de triomphe. Je suis presque toujours assise à la même place » (p. 205) ; « Cette semaine, c'est moi qui suis de fermeture » (p. 337). Ainsi, le lecteur se trouve immédiatement happé par la machine romanesque, sans autre choix que celui de continuer à tourner les pages pour en apprendre plus, comprendre ce dont il s'agit.

De plus, cette mainmise sur le lecteur est renforcée par l'entrée en matière et le déroulement chronologique des récits. Ceux de Billie et Mathilde anticipent un évènement postérieur – ce procédé qui implique d'emblée le lecteur s'appelle la prolepse. Au contraire, les personnages omettent délibérément plusieurs pans de récits ce qui pousse le lecteur, curieux, à continuer sa lecture. Ces ellipses volontaires maintiennent également une sorte de pression, de suspense auquel le lecteur ne peut résister très longtemps.

La langue

Dans *Des vies en mieux*, chaque protagoniste emploie une syntaxe et un vocabulaire qui lui sont propres. Le lecteur peut dès lors distinguer chacun et s'y attacher comme à des amis aux manies et aux caractères bien définis.

Billie apparait tantôt drôle et ironique (« À les entendre, le malaise des jeunes, c'est toujours dans les banlieues que ça se passe, mais à la campagne, ma bonne dame, c'est pas facile tous les jours, vous savez ! nous, pour brûler des voitures, y faudrait déjà qu'on en voie passer une ! », p. 34), tantôt familière, voire vulgaire (« On avait beau essayer de faire les fiers, tout ce merdier, ça nous plombait bien le cul quand même », p. 89). Elle tente bien de se surveiller en utilisant le passé simple, mais l'effort n'est jamais soutenu très longtemps : « Bien que le garçon et les deux petites filles fussent ('tain, j'en au placé un ! 10 points ! *Ten points* pour Billie qui cause si bien la France !) [...] » (p. 169)

Billie se livre sans retenue, telle qu'elle est vraiment. Non contente de ne rien enjoliver, elle raconte sa vie en détail, ce qui la rend d'autant plus attachante. Mathilde et Yann, quant à eux, utilisent la plupart du temps un langage moins vulgaire, mais tout aussi familier et oralisé (« Et en admettant que je barbote dans le pur fantasme en effet et que pour un cœur pur, il y ait dix fonctionnaires de la bouffe [...] », p. 296 ; « Quand c'est le gros au doberman, on fume une clope en causant », p. 338).

Même si les uns et les autres sont identifiables à leur manière de s'exprimer, ils emploient un langage simple, direct et accessible, centré sur leur ressenti et leur évolution, ce qui favorise aussi l'attachement du lecteur.

En effet, le lecteur ne doit pas passer outre la

barrière d'une langue trop littéraire, et peut ainsi directement se concentrer sur les personnages et leur histoire.

Les adresses au lecteur

Billie, Mathilde et Yann interpellent le lecteur, directement (« Ah ! Ça vous la coupe, hein ? Vous vous dites, mais qu'est-ce qu'elle nous divague encore », p. 293 ; « Vous, je ne sais pas. Moi, je fermais ma gueule », p. 396), ou indirectement (en s'adressant à une étoile notamment, Billie s'adresse indirectement à ceux qui peuvent l'entendre ou la lire : « Au fait, t'es toujours là, petite étoile ? », p. 56). Ce procédé rapproche d'autant plus le lecteur qui a la sensation de participer aux récits.

Les références culturelles

Des vies en mieux est encore un roman truffé de références musicales, cinématographiques, historiques, télévisuelles, poétiques, picturales et littéraires, qui permettent d'entretenir un certain climat de connivence avec le lecteur. Ces références sont tantôt populaires, tantôt érudites, mais également anciennes et contemporaines.

Ainsi Billie se compare à une « Cosette des dépotoirs » (p. 37), l'un des personnages emblématiques de Victor Hugo dans *Les Misérables*, tandis que Franck devient « le héros de la chanson de Jean-Jacques Goldman [auteur-compositeur et chanteur français, né en 1951] » (p. 89-90). De Croc-Blanc à Calamity Jane, en passant par le Petit Prince, Ben-Hur, Gainsbourg (chanteur, compositeur et parolier français, 1928-1991), Cendrillon, Harry Potter ou les Stark de la série télévisée américaine *Game of Thrones*, les références sont innombrables et apparaissent parfois sous forme de citations quelque peu adaptées, comme pour le célèbre « Demain, dès l'aube… » (*Les Contemplations*, 1856) de Victor Hugo : « Demain, dès l'aube, à l'heure où me regaverait cette merde de campagne, je partirais » (p. 20).

Le roman touche de la sorte tous les lecteurs qui se sentent concernés et retrouvent un peu d'eux-mêmes dans ces récits de vie.

En se glissant dans différents milieux sociaux avec Billie, Mathilde et Yann, Anna Gavalda parvient à toucher tous les lecteurs quels que soient leurs origines, leurs trains de vie, leurs études, leurs gouts, en bref, leur vie. Ainsi impliqué, le lecteur est désormais prêt à accepter la réflexion qui lui est proposée à travers ces trois histoires et à recevoir le message.

Ce dernier se dévoile au fil du roman jusqu'à être quasiment explicite dans la bouche d'Isaac : « Ne les laisse pas te détruire [...]. Protège-toi » (p. 404) et « [Prends] le risque de suivre [ton] instinct » (p. 407). Le message est donc assez encourageant, car d'où que l'on vienne, il est possible de s'en sortir à condition de croire en ses rêves, en forçant le destin si besoin, et de ne pas se laisser happer par une vie sans saveur.

Ces trois histoires semblent ainsi résonner dans la vie du lecteur tout en abordant des thèmes sociétaux importants, comme l'éducation, la précarité et les minorités. Ces thématiques sont au cœur de nombreux débats dans nos sociétés qui tendent à l'ouverture, tout en maintenant (inconsciemment ou non) une part d'ombre dans les relations sociales, marginalisant un pan de cette société. Car le roman soulève également la douloureuse question de la différence et de ses conséquences sur la vie des individus. Malgré les questions soulevées, et sans prétendre apporter des solutions, le roman d'Anna Gavalda se veut résolument positif et optimiste.

PISTES DE RÉFLEXION

QUELQUES QUESTIONS POUR APPROFONDIR SA RÉFLEXION...

- En quoi peut-on dire que la description de Billie emprunte certaines caractéristiques au romantisme hugolien ?
- Comparez le duo Billie/Franck au couple Camille/Perdican de la pièce de théâtre de Musset, *On ne badine pas avec l'amour*. Qu'ont-ils en commun ?
- En quoi avons-nous ici affaire à des récits initiatiques ? Comparez le rôle des personnages de Franck, Isaac et Jean-Baptiste à celui de Mentor dans l'*Odyssée*, ou dans *Les Aventures de Télémaque*.
- Peut-on parler ici d'une forme de roman choral ? Justifier.
- Dans quelle mesure peut-on qualifier cet ouvrage de roman réaliste ?
- Selon vous, l'homme est-il déterminé par son milieu ? Expliquez votre point de vue en vous appuyant sur des exemples du roman.

- Quel est le rôle de l'argent dans le roman ? Ce thème est-il traité comme dans les romans balzaciens ?
- D'après vous, l'opposition entre la campagne et la ville pourrait-elle faire écho aux romans parisiens et aux romans provinciaux du XIXe siècle ?
- Commentez la structure de l'œuvre. Selon vous, le roman n'a-t-il de sens que lorsqu'il est considéré dans sa globalité, ou bien les trois histoires revêtent-elles un sens différent, indépendant ?
- Peut-on trouver des éléments autobiographiques d'Anna Gavalda dans ces trois récits ?

Votre avis nous intéresse !
Laissez un commentaire sur le site de votre librairie en ligne
et partagez vos coups de cœur sur les réseaux sociaux !

POUR ALLER PLUS LOIN

ÉDITION DE RÉFÉRENCE

- GAVALDA A., *Des vies en mieux*, Paris, J'ai lu, 2015.

ÉTUDES DE RÉFÉRENCE

- BAKHTINE M., *Esthétique et théorie du roman*, Paris, Gallimard, coll. « Tel », 2011.
- JOSSUA J-P., « Le journal comme forme littéraire et comme itinéraire de vie », in *Revue des sciences philosophiques et théologiques*, 2003/4, t. LXXXVII, p. 703-714, consulté le 8 septembre 2017. https://www.cairn.info/revue-des-sciences-philosophiques-et-theologiques-2003-4.htm
- PERNOT D., « Roman de formation », in *Le dictionnaire du littéraire*, ARON P., SAINT-JACQUES D. Et VIALA A. (dir.), Paris, Presses universitaires de France, 2002, p. 527-528.
- PERNOT D., « Du "Bildungsroman" au roman d'éducation : un malentendu créateur ? », in *Romantisme*, vol. 22, n° 76, 1992, p. 105-109.

SUR LEPETITLITTÉRAIRE.FR

- Fiche de lecture sur *35 kilos d'espoir* d'Anna Gavalda.
- Fiche de lecture sur *Ensemble, c'est tout* d'Anna Gavalda.
- Fiche de lecture sur *Je voudrais que quelqu'un m'attende quelque part* d'Anna Gavalda.

Retrouvez notre offre complète sur lePetitLittéraire.fr

- des fiches de lectures
- des commentaires littéraires
- des questionnaires de lecture
- des résumés

ANOUILH
- Antigone

AUSTEN
- Orgueil et
  Préjugés

BALZAC
- Eugénie Grandet
- Le Père Goriot
- Illusions perdues

BARJAVEL
- La Nuit des
  temps

BEAUMARCHAIS
- Le Mariage
  de Figaro

BECKETT
- En attendant
  Godot

BRETON
- Nadja

CAMUS
- La Peste
- Les Justes
- L'Étranger

CARRÈRE
- Limonov

CÉLINE
- Voyage au bout
  de la nuit

CERVANTÈS
- Don Quichotte
  de la Manche

CHATEAUBRIAND
- Mémoires
  d'outre-tombe

CHODERLOS DE LACLOS
- Les Liaisons
  dangereuses

CHRÉTIEN DE TROYES
- Yvain ou le
  Chevalier au lion

CHRISTIE
- Dix Petits Nègres

CLAUDEL
- La Petite Fille de
  Monsieur Linh
- Le Rapport
  de Brodeck

COELHO
- L'Alchimiste

CONAN DOYLE
- Le Chien des
  Baskerville

DAI SIJIE
- Balzac et la
  Petite
  Tailleuse chinoise

DE GAULLE
- Mémoires
  de guerre
  III. Le Salut.
  1944-1946

DE VIGAN
- No et moi

DICKER
- La Vérité sur
  l'affaire Harry
  Quebert

DIDEROT
- Supplément
  au Voyage de
  Bougainville

DUMAS
- Les Trois
  Mousquetaires

ÉNARD
- Parlez-leur
  de batailles,
  de rois et
  d'éléphants

FERRARI
- Le Sermon sur la
  chute de Rome

FLAUBERT
- Madame Bovary

FRANK
- Journal
  d'Anne Frank

FRED VARGAS
- Pars vite et
  reviens tard

GARY
- La Vie devant soi

GAUDÉ
- La Mort du
  roi Tsongor
- Le Soleil des
  Scorta

GAUTIER
- La Morte
  amoureuse
- Le Capitaine
  Fracasse

GAVALDA
- 35 kilos d'espoir

GIDE
- Les
  Faux-Monnayeurs

GIONO
- Le Grand
  Troupeau
- Le Hussard
  sur le toit

GIRAUDOUX
- La guerre de
  Troie
  n'aura pas lieu

GOLDING
- Sa Majesté des
  Mouches

GRIMBERT
- Un secret

HEMINGWAY
- Le Vieil Homme
  et la Mer

HESSEL
- Indignez-vous !

HOMÈRE
- L'Odyssée

HUGO
- Le Dernier Jour
  d'un condamné
- Les Misérables
- Notre-Dame
  de Paris

HUXLEY
- Le Meilleur
  des mondes

IONESCO
- Rhinocéros
- La Cantatrice
  chauve

JARY
- Ubu roi

JENNI
- L'Art français
  de la guerre

JOFFO
- Un sac de billes

KAFKA
- La Métamorphose

KEROUAC
- Sur la route

KESSEL
- Le Lion

LARSSON
- Millenium 1. Les
  hommes qui
  n'aimaient pas
  les femmes

LE CLÉZIO
- Mondo

LEVI
- Si c'est un
  homme

LEVY
- Et si c'était vrai…

MAALOUF
- Léon l'Africain

MALRAUX
• La Condition
  humaine

MARIVAUX
• La Double
  Inconstance
• Le Jeu de l'amour
  et du hasard

MARTINEZ
• Du domaine
  des murmures

MAUPASSANT
• Boule de suif
• Le Horla
• Une vie

MAURIAC
• Le Nœud
  de vipères

MAURIAC
• Le Sagouin

MÉRIMÉE
• Tamango
• Colomba

MERLE
• La mort est
  mon métier

MOLIÈRE
• Le Misanthrope
• L'Avare
• Le Bourgeois
  gentilhomme

MONTAIGNE
• Essais

MORPURGO
• Le Roi Arthur

MUSSET
• Lorenzaccio

MUSSO
• Que serais-je
  sans toi ?

NOTHOMB
• Stupeur et
  Tremblements

ORWELL
• La Ferme
  des animaux
• 1984

PAGNOL
• La Gloire de
  mon père

PANCOL
• Les Yeux jaunes
  des crocodiles

PASCAL
• Pensées

PENNAC
• Au bonheur
  des ogres

POE
• La Chute de la
  maison Usher

PROUST
• Du côté de
  chez Swann

QUENEAU
• Zazie dans
  le métro

QUIGNARD
• Tous les matins
  du monde

RABELAIS
• Gargantua

RACINE
• Andromaque
• Britannicus
• Phèdre

ROUSSEAU
• Confessions

ROSTAND
• Cyrano de
  Bergerac

ROWLING
• Harry Potter à
  l'école des sor-
  ciers

SAINT-EXUPÉRY
• Le Petit Prince
• Vol de nuit

SARTRE
• Huis clos
• La Nausée
• Les Mouches

SCHLINK
• Le Liseur

SCHMITT
- La Part de l'autre
- Oscar et la Dame rose

SEPULVEDA
- Le Vieux qui lisait des romans d'amour

SHAKESPEARE
- Roméo et Juliette

SIMENON
- Le Chien jaune

STEEMAN
- L'Assassin habite au 21

STEINBECK
- Des souris et des hommes

STENDHAL
- Le Rouge et le Noir

STEVENSON
- L'Île au trésor

SÜSKIND
- Le Parfum

TOLSTOÏ
- Anna Karénine

TOURNIER
- Vendredi ou la Vie sauvage

TOUSSAINT
- Fuir

UHLMAN
- L'Ami retrouvé

VERNE
- Le Tour du monde en 80 jours
- Vingt mille lieues sous les mers
- Voyage au centre de la terre

VIAN
- L'Écume des jours

VOLTAIRE
- Candide

WELLS
- La Guerre des mondes

YOURCENAR
- Mémoires d'Hadrien

ZOLA
- Au bonheur des dames
- L'Assommoir
- Germinal

ZWEIG
- Le Joueur d'échecs

L'éditeur veille à la fiabilité des informations publiées, lesquelles ne pourraient toutefois engager sa responsabilité.

© LePetitLittéraire.fr, 2017. Tous droits réservés.

www.lepetitlitteraire.fr

ISBN version numérique : 978-2-8062-6560-9
ISBN version papier : 978-2-8080-6561-6
Dépôt légal : D/2017/12603/827

Avec la collaboration de Florence Balthasar pour l'encadré sur « Mentor », ainsi que pour les chapitres « Le récit initiatique » et « Le style narratif ».

Conception numérique : Primento,
le partenaire numérique des éditeurs.

Ce titre a été réalisé avec le soutien de la Fédération Wallonie-Bruxelles, Service général des Lettres et du Livre.